جنية

بحيرة بايكال

د. جُمان الريحاني

إهداء إلى الحب الحقيقي سواء في الواقع أو في عالم آخر

إهداء إلى الحب الذي لا يموت ولا يقتل ولا يمكن هزمه مهما كانت الظروف

الحب الحقيقي هو حب قوي وأقوى من كل الظروف والعداء

أعداء الحب هم أشخاص لا يؤمنون به ولم يعرفوه ولن يعرفوه يوما

جمان الريحاني

مملكة البحيرات

كان يا مكان في قديم الزمان في زمن الأساطير والحكايات كانت هناك أسطورة تقول بأنه كان في شمال أوروبا مدينة تدعى مدينة الألف بحيرة، كانت هذه البحيرات تدعى مملكة البحيرات وهي مملكه تقطنها جنيات البحيرات.

كانت قوانين المملكة صارمة ولكن كان هناك دائما جنيات صغيرات قد يخرقن بعض القوانين ولكنهن طبعا يعاقبن على ذلك.

وخاصة إن كانت أفعالهم غير مؤذية جدا لهن ولا لغيرهن، وخاصة إذا لم تكن لأفعالهن تبعات سيئة.

وقد كان يتم تحذير الجميع من تلك المجازفات او تجاوز القوانين لأن في الأمر خطورة وعلى الجميع، على كل سكان المملكة، فالخطر حقيقي وقد يودي بالمملكة للخراب وقد يودي بحياة الجميع.

بشري في الجوار

وفي يوم من الأيام حدث أمر خطير فقد تعود الناس على زيارة البحيرات، ولكن ليس كلها بالطبع، وما حدث هو أن إحدى الجنيات قد ظهرت لبشري وقد كان من الممنوع بتاتا بتاتا الظهور للبشر.

ولكن ما حدث هو أن ذلك الشاب البشري قد جاء إلى تلك البحيرة التي كانت إحدى الجنيات تستحم بها.

كانت هناك العديد من البحيرات التي لا يقصدها البشر، ولكن هذا الشاب قد جاء صدفة في أحد الأيام لأنه سمع بأن هذه البحيرة بها نوع من الأسماك نادر الوجود، وأراد أن يصطاد منه، من أجل أنه يمتلك حوض اسماك، ويجمع بعض الأسماك، وخاصة النادرة منها.

تنقل الشاب رايمو سانتيري الذي يبلغ 25 سنة، وهو شاب وسيم بجسد مثالي ووجه جميل وله شعر بني وعينان صافيتان.

هو شاب يشبه العلماء كثيرا من حيث شكله وهواياته وهوسه بالمجال الذي يعشقه ويعيش فيه.

رايمو من مدينة سافو الشمالية ،

تنقل رايمو من مدينة إلى أخرى كما أنه كان دائما البحث عن البحيرات ذات المياه العذبة والتي بها أسماك غريبة قد لا يعرفها كل الناس

لطالما كان رايمو محبا للأسماك ولكن ليس من أجل الطعام بل يحب التمتع برؤيتها ويحب تربيتها، ويرى بأن الأسماك تمتلك سحرا وجمالا بحق يستحق أن يهتم بها الناس، وأن يتمتعوا بجمالها.

كان ليرايمو رحلة طويلة بين البحيرات ليرى كل جديد، وليكتشف كل ما هو موجود في ذلك المحيط والجو، فكانت انطلاقته من مدينة سافو الشمالية التي هي مدينته التي كان يقول عنها أن خريطتها تشبه السمكة باتجاه أجمل البحيرات للبحث والاستكشاف.

كانت رحلته تلك وفق خطة سير قد رسمها لرحلته التي كان يرى بأنها سوف تكون رحلة ممتعة وجميلة وخاصة أنها سوف تساعده على اكتشاف بعض الأماكن التي لطالما حلم بزيارتها على الأقل مرة في حياته.

وقد كان يعلم بأن بعض الأماكن سوف تجعله يعود إليها أو ربما تشده لكي يريد العودة إليها مرة أخرى

لقد كان رايمو فنانا وحساسا ومرهف الأحاسيس وحالما، وأيضا مصورا للجمال وباحثا في الأعماق ومحبا للمخلوقات البحرية.

بحيرة اولو جيفري

وصل رايمو إلى بحيرة أولو جيفري التي استمتع بالسباحة فيها، فقد كان سباحا وغواصا يحب قضاء بعض الوقت تحت الماء ليرى الأسماك وهي في مكانها الطبيعي.

لقد كان رايمو محبا للأعماق والحياة التي فيها، كان يستمتع بعمق البحر نهارا حيث يمكنه رؤية الحياة هناك بمساعدة أشعة الشمس التي تستطيع الوصول إلى الأعماق وتبث الدف والحياة مثلما تفعل على سطح الأرض.

كان رايمو فنانا يستمتع بالطبيعة وما فيها، يستمتع بالحيوانات وأشكالها وألوانها، يستمتع حتى برية الحشرات والتي يظن أنها إبداع بحد ذاتها فهي في تناسق في نفسها وانسجام مع محيطها الذي خلقت فيه.

لقد كان شخصا حساسا ويحب النظر فقط ليستمتع فهو لا يؤيد أن يحرم أي كائن من المكان الذي خلق فيه وخاصة لو كان مكانه الطبيعي وليس مجرد قفص مهما كانت جدرانه.

لم يكن رايمو يستطيع أن ينكر حبه للبحيرات والحيوانات المائية ولا إعجابه بها جميعا لقد كان رايمو مأخوذا بالحياة تحت الماء من أكثر الأسماك التي لفتت إعجابه في بحيرات اولو جيفري كانت السلمون

السلمون المرقط أو سلمون سلار الأطلسي وذلك لأنه يتميز بألوان جميلة تشبه ألوان الماء أحيانا وألوان الصلب

وتلك النقاط تزيد من إبداعه

كما أنه يتم صيده كثيرا وطعمه لذيذ إلا أن رايمو لم يتذوقه ربما لأنه لا يحبذ أن يأكل الكائنات الجميلة أحيانا إلا أنه ليس نباتيا.

رايمو كان يستمتع بوقته الذي يقضيه في البحيرة ولكنه لم يقم باصطياد الأسماك التي أعجب بها بل كان يحاول تأملها وتصويرها بذهنه فيرسمها على دفتره بعد صعوده من الماء.

ومن أكثر الأسماك التي أحبها وقام برسمها هو السلمون المرقط الذهبي

أما بلح النهر فقد اخذ منه البعض ولكنه لم يكن يعرف لماذا يحب اللؤلؤ الذي لطالما مكان محط اهتمام

الفتيات والسيدات فقط أما هو فقد وضع بعض اللآلئ في كيس أسود، ووضعه في جيبه واحتفظ بها في جيبه.

لقد كانت رسوماته عن البلح جميلة جدا وتشد الانتباه، وخاصة لو كانت مع اللؤلؤ الذي يعشقه.

ذلك الجمال اللماع في حضن الأسود الذي يحفظه ويحميه.

وكأنه يرسم الشمس في حضن الليل

استمتع رايمو كثيرا برحلته الجميلة وبكل ما فيها من تفاصيل، لقد كان مغرما فعلا بالبحيرة والحياة فيها وبجانبها، فقد كانت المناظر خلابة، والاكتشافات مثيرة.

وكأنه دخل عالما ساحرا مليئا بالغموض والتشويق، وكأنه أصبح بطلا خياليا يعيش مغامراته

من بحيرة إلى بحيرة وكأنه في الحقيقة يبحث عن
شيء ما

ربما يتبع خريطة كنز أو ربما يبحث عن أجزاء
لغز لكي يتمكن من حل معضلاته، لقد كان الأمر يبدو
جديا للغاية وليس مجرد رحلة ترفيه أو تسلية.

لم تكن تبدو رحلة عادية فقد كان كأنه يطارد حلما
ولكنه ربما لم يكن يعي ذلك.

بحيره نواس جارفي

Nuasjärvi

غادر رايمو من بعد ذلك باتجاه بحيرة نواس جارفي التي تقع شمال فنلندا في منطقة كاينو

ولكنه لم يبقى فيها كثيرا لأن البحيرة لم تكن بحالة جيدة بسبب المياه المالحة التي بقرب المنجم، منجم تلفيفارا، ولكنه لاحظ شيئا جميلا جذب نظره وجعله يسير باتجاه المنجم الذي كان يطلق سراحه بعض المياه الملوثة.

لم يكن رايمو يعلم ما الذي يفعله بالضبط، وكأنه يأخذ تذكارا من كل بحيرة بالإضافة إلى الرسومات الرائعة التي كان يرسمها على دفتره

تلك الرسومات عن الأمور التي جذبته وشدت انتباهه، وعن كل الجمال الذي شعر به فيها

فالجمال ينبع من الأشياء التي تراها العين جميلة وأيضا من الأشياء التي يشعر الشخص بالجمال الذي فيها وإن لم يكن واضحا لعين كل مشاهد.

ولكن الجمال أيضا يبحث عن الباحث عنه، كما أن الفنان يجد الجمال أسرع من غيره من الناس، وربما يجده في أماكن لا يخطر على بال البشر العاديين.

رايمو لا يرى الجمال في الأشكال المتناسقة والمنسجمة مع بعضها بل يرى الجمال في الخلق والمخلوقات وليس في ما صنع أو تم الاعتناء بتفاصيله لكي يبدو جميلا لأن من صنعه يرى بأن الجمال لدى

البشر في أعينهم كناظرين هو تناسق في الأحجام والأوزان والألوان وفق معايير اعتاد عليها الناس ويرون بأنها هي المثال للجمال.

أما بالنسبة لرايمو فقد كان يرى بأن الجمال في الموجودات والمخلوقات التي وجدت بدون تدخل البشر وفي تلك الحالة يمكننا محاكاتها أو الاستمتاع بوجودها فقط دون تغييرها أو إدخال تعصبنا لمفاهيم ليست كما نحن نتعصب لها.

رغم أن المناظر الطبيعية كانت جميله وخاصة في تلك المنطقة لأن بحيرة نواس جارفي قريبة من مركز فوكاتي للتزلج والغولف، ولكن التلوث البيئي جعل رايمو لا يعجب بما يحدث للحياة المائية ولذلك الوسط وأيضا للحيوانات المائية التي لا تستطيع المضي يقدما بحياة جيده مناسبة في مكان جميل وملائم للعيش.

فالمياه التي تتسرب من المنجم في تلك المنطقة مشبعة بالسموم والمواد الضارة وهي التي تسبب التلوث البيئي.

لقد كان هذا من أهم عيوب بحيرة توافجار والذي كان يسبب موت الحيوانات المالية ويمنعها من العيش بسلام هناك والتكاثر فقد كان المكان غير ملائم تماما وهذا أمر مؤسف لأن البحيرة في حد ذاتها جميلة وكذلك هي المناظر المحيطة بها.

هذا الأمر كان مؤسفا جدا كما أنه من الخسارة عدم الإتمام بالبحيرة نفسها ولا إعارة الحياة فيها للحيوانات أهمية مثل تلك الأهمية التي يحوز عليها المركز.

التلوث في تلك المناطق ينتج عن المناجم إلا أن المناجم مهمة كثيرا للدولة وللشركة المالكة بوجه خاص لأنها مصدر للنحاس والزنك والكثير من المعادن المختلفة.

لقد كان الأمر مؤسفا بالنسبة لرايمو أن يرى ذلك الجمال يتأثر بأمور مثل تلك دون أن يجد أحد حل لذلك

الأمر أو أحد يمكنه أن ينقذ ذلك الجمال منعدم النضير والذي سوف ينعدم بسبب التلوث.

كيف أنه لا يستطيع أحد أن يحافظ على البحيرة وما فيها او حتى يخلصها من التلوث ويعيد الحياة إليها مع مرور بعض الوقت بالطبع ولكن لا حول لرايمو ولا قوة لديه فهو مجرد عابر سبيل.

إنه مجرد شخص يمر بذلك المكان ولا يستطيع فعل شيء ولا حتى تغيير أي شيء.

لم يكن رايمو ليغير ما لا يعجبه ولكنه على الأقل كان ينكر ما يراه خطأ ولا يتوافق معه، كما أنه كان يرى بأن الناس لا يدركون الضرر الذي يسببونه للطبيعة لن الطبيعة ومهما كانت قوية لا يمكنها أن تدافع عن نفسها أو تنتفض أو توقف من يقوم بايذائها عند حده.

فبالرغم من كون الطبيعة قوية إلا أن البشر أقوى منها وذلك لأنهم يستطيعون تغييرها بينما هي لا تستطيع تغييرهم ببساطة مثلما يفعلون هم.

الطبيعة تغير ما بالبشر ولكن ليس بنفس السرعة ولا بنفس الطريقة التي يتبعها البشر في فعل التغيير.

كما أن البشر لا يعلمون بأن الطبيعة تشتكي وتبكي لأنها تظلم ويهدم من جمالها ما يهدم بسبب ما يطلق عليه الطمع والطموح اللامحدود والذي يجني ثمارا على حساب الغير.

بحيرة بيلينان

Pielinen

أكمل رايمو سفره باتجاه بحيرة بيلينان رابع اكبر بحيرة في فنلندا

كانت هذه البحيرة مزينه بالشواطئ والمرافق المحيطة بها ظن والحديقة الوطنية الرائعة، بجمالها الخلاب والمناظر الطبيعية المبهرة التي تحيط بها.

لقد اخذ رايمو بهذه البحيرة الخلابة، التي سحرته تماما، وخاصة وقت الغروب

كانت تراوده مشاعر كثيرة تتدفق على أوراقه بسيل الأقلام وكأنه كان يريد أن يوصل كل أحاديثه بالقلم والورق لينظم قصيده شعرية في بحيرة بلينان التي تقع في أحضان حديقة كلي الوطنية

لقد كان المنظر ساحر حقا بالنسبة إليه

فقد كانا كأنهما عاشقان يهيمان حبا وعشقا ببعضهما، لا حد لعشقهما وبحر شوقهما.

فهذه أول مرة يتمنى رايمو لو أنه يتحكم بالكلمات، لقد تمنى لو أن لديه ملكة الشعر فيصف حب البحرية والحديقة الوطنية، ويصف مدى إعجابه بهما معا وبكل منهما على حدا وخاصة البحيرة.

لقد كان يرى الجمال ولا يملك إلا أن يهيم حبا به هو الأخر فكيف لي أحد أن يرى كل ذلك الخلق المبدع بدون أن يقع في غرامه فورا وبدون تفكير.

كانت بحيرة بيلينين كأميره هادئة نائمة في أحضان الطبيعة، إنه عشق وغرام للبحيرات الذي يرى بعيون عاشق بحق.

كان المساء جميلا على شواطئ بحيرة بلينين والشمس وقت الغروب كانت سن أجمل المشاهد التي علقت بذهن رايمو وتلك الجزر الصغيرة العائمة في الماء.

كل تلك المناظر على السطح لم تكن قادرة على إبعاد رايموا عن العمق وما يوجد تحت المياه العذبة فقد كان دائما يبحث عن المخبأ في الأعماق ويحب العوالم الخفية والغوص للبحث عن الأسرار.

كما كان يوجد الجمال كانت هناك مخلوقات اخرى منها المفترسة
مثل سمك الفرخ وسمك الكراكي الشمالي

بحيرة بيسجركي

لقد كان الشاب رايمو يختار بين البحيرات والتي كانت كثيرة جدا في فنلندا، لذا فقد كان سريع الحركة لأنه كان يريد أن يرى أكبر عدد كما أنه كان يريد أن يختبر أمرها بنفسه.

وهنا جاء دور بحيرة بيسجركي تلك البحيرة الجميلة، لقد كان يرى بأن كل بحيرة هي بحيرة جميلة بل كان يرى الجمال أكثر شيء في البحيرات، خاصة

وأنها تتمتع بذلك اللون الداكن والذي يعطيها رونقا خاصا.

لقد كان رايمو مغرما بالفعل بالبحيرات

لقد كان بالقرب من البحيرة الكثير من المناطق المثيرة للإهتمام والتي تشجع الناس على التوجه إليه أو زيارتها عندما يزورون تلك الأماكن السياحية الجميلة والتي تحتوي على نشاطات للتسلية والترفيه.

لم تكن البحيرة بعيد عن منتزه كولي الوطني

Koli National Park

كما أنه توجد هناك منتجعات تزلج، وتتمتع المنطقة بالكثير من الجمال الطبيعي الذي يلهم الرسامين ويجذب السباح للاستمتاع بالمكان.

من الأمور التي يجب ذكرها عن البحيرة هي أنها تقع على الأراضي الفلندية والروسية بالتساوي لذا فهي

من حق الفلنديين والروسيين بالتساوي لمحبتها وللتمتع بجمالها الخلاق.

وبحيرة بينيلين ترتبط مع بحيرة سايما بنهر بيليس، كما أن الغابات الصنوبرية تضفي منظرا أكثر روعة وجمال.

وتلبس المنطقة ثوبا أبيض اللون من الثلوج في الشتاء فتتجمد البحيرة وتصبح الأشجار بيضاء.

وقد كان يوجد في البحيرة الكثير من أنواع الأسماك منها كورجون اوروبي أو السلك الأبيض وهو من فصيلة السلمون.

وهناك أيضا سمك بيركا فلوفياتيليس الفرخ الأوروبي وهذا جميل حين الرسم وجميل من حيث شكله ولكنه مفترس ويفترس باقي الأسماك، تلك الأسماك التي تسبح في قطعان بحثا عن الفرائس، ولكنه أو لأنه جميلة بين الأخضر والرمادي وبعض

البرتقالي في الزعانف السفلية الصغيرة وفي الذيل أيضا، وله زعانف شفافة.

وأيضا سمك الابراميس الشائع ذو اللون الفضي أو الرمادي والأخضر أيضا ولكنه يختلف من حيث الشكل عن سابقه المفترس، وباقي ألوانه الذهبي والبرتقالي.. أيضا تتمتع بنفس الجمال رغم جسمه المنتفخ فهو سمك سمين.

وما جذب رايمو أيضا سمك قشر البياض

والذي يشترك مع النوعان السابقان في أن لهم نفس اللون تقريبا ولكن ليس لهم نفس الشكل.

وهذا السمك له زعانف شعاعية شائكة كما أن هذا النوع مفترس مثل بيركا فلوفياتيليس النوع الأول.

لقد كان رايمو يجمع بعض المعلومات عن كل بحيرة قبل أو يصل إليها وحتى بعد وصوله، لأنه كان يريد أن يتمتع بكل ما في كل بحيرة وان لا يفوت أي

شـيء لن الرحلة كانت مهمة لديه ولم يكن ليأتي كل يوم إلى تلك المناطق لكي يعوض ما قد يفوته.

أكثر الأمور التي كان يسأل عنها هي أجمل المخلوقات التي بها، وأيضا المخلوقات الشرسة والمتوحشة لكي لا يعرض نفسه للخطر.

وهذه المعلومات لم يكن من الصعب التحصل عليها لأن أهل المنطقة يعرفون خصائص تلك البحيرات كما أنه توجد كتب في المكتبات عنها وأيضا كتيبات ومطويات كان يستعين بها على الدوام.

بحيرة جوجارفي

Juojärvi

نالت هذه البحيرة إعجاب رايمو فقد كانت لها امتيازاتها الخاصة فهي تعتبر اكثر البحيرات نظافة على الاطلاق ولأنها تتمتع بهذه الخاصية فقد نال هذا الأمر إعجاب الشاب رايمو كثيرا فهي بحيرة ملائمة للعيش والسباحة ومناسبة للحياة في الأعماق.

كما أن الوصول إليها سهل والإقامة بالقرب منها ممكنة وممتعة.

لقد أراد رايمو أن يطيل البقاء هناك ولكن رحلته لم تنتهي فان يتوجب عليه متابعة الرحلة.

كان رايموا قد وضع جدولا زمنيا للرحلة وكان يجب عليه أن ينضبط به وأن لا يخرج عن ذلك النطاق حفاظا على الوقت والمال لأن الرحلة كانت على تكلفته الخاصة، ولازال أمامه مشوار مثير ومغامرات أخرى.

بحيرة سايما

لقد قاربت رحلة رايمو على الانتهاء وهو الآن متواجد في فنلندا حيث توجه إلى بحيرة سايما التي تقع جنوب شرق فنلندا في ليكلاند

وهي تعتبر أكبر بحيرة هناك كما أنها رابع اكبر بحيرة في أوروبا من حيث المياه العذبة، لذا كانت زيارتها من أحلام رايمو التي تراوده.

لقد كان لديه حلم بأنه يريد أن يرى أكبر البحيرات في العالم كله، وأن يتمتع بالجمال الذي فيها، وليس فقط الجمال الذي على السطح بل أيضا الجمال المخفي تحت السطح، في أعماقها.

ومن الأمور المثيرة للعجب هي الفقمة التي تعيش هناك والتي لا توجد ولا تعيش في أي مكان آخر في العالم.

تلك الفقمة النادرة والتي تعييش فقط في بحيرة سايما كما أنها فقمة مهددة بالانقراض لذا هي تحت الحماية لأنها نادرة الوجود وأيضا لأنها موجودة بعدد قليل.

كما أنها أي هذه الفقمة بالتحديد الفقمة الحلقية من الفقمات التي تعيش في المياه العذبة.

الفقمة مجهولة التاريخ ولا احد يعلم حقيقة تواجدها هناك ولا كيف أن لها أن وصلت في بداية الأمر إلى تلك البحيرة.

كان رايمو يرى في كل بحيرة ويبحث عن الأسماك الفريدة والغريبة والجميلة والنادرة كل من قرب آيات بحيرة ولم يكن يفهم ذلك الحلم الذي هو نفسه تقريبا في كل مره.

كان يرى فتاة جميلة تحت الماء في أعماق البحيرات بين الأسماك والحيوانات المائية المختلفة والجميلة ولكن لم يكن هناك أي شيء واضح.

لقد كان أيضا يسمع صوتا يناديه ولم يكن يعرف من أين؟ لكنه كان يعرف بأن تلك الأعماق مختلفة وليست ككل البحيرات التي مر بها، حتى وصل إلى بحيرة سايما، لقد كانت بحيرة عميقة جدا ولكنها أعماقها تشبه الحلم وهي كبيرة.

واصل رايمو رحلته حتى وصل إلى أحد الأنهار التي تصب في تلك البحيرة.

رغم أن الأمر كان أقرب للحلم إلا أنه كان حقيقيا، مثل الحقيقة، ولم يكن هناك شك في ذلك.

كما أن الصوت كان قريبا ومسموعا بوضوح ولم يكن مجرد صدى أو صوت من أصوات الطبيعة أو ما شابه، بل كان صوتا حقيقيا.

لقد بدأ رايمو يشعر بأن هناك أمر غريب أو بالأحرى أمر مثير، أمر يثير العجب، أو الإعجاب ويشده إلى ذلك المكان بالذات.

أمر مثير للإعجاب والاستغراب في نفس الوقت يشده إلى تلك البقعة من العالم وله صلة بالصوت الذي يناديه، كما أن الأمر يجعله يفكر في أمور خيالية مثل الحكايات والأساطير وأحيانا أمور مخيفة لأن الأمر كلما استمر لوقت أكبر كلما كان مثيرا ومخيفا في نفس الوقت.

جنيّة الأعماق

وقد رأى رايمو تلك الفتاة تستحم ولكنها هربت وغاصت في المياه العميقة، لم يكتف رايمو بتلك الصدفة السريعة فقرر أن يتبع تلك الفتاة وبالفعل فعل ذلك.

لقد كان يتبعها ويرى كل تلك المخلوقات الجميلة، أما بالنسبة للفتاة فقد كانت تبدو وكأنها مخلوقة خرافية وهي هاربة وهو يلحق بها، ولكنه كان يغوص ويغوص في الأعماق، وكأنه لا يحتاج للأكسجين.

ثم توقفت الفتاة التي كانت لها أجنحة فراشة، التي كانت تسبح في المياه وأخبرته بأمر وقالت:

لما أنت تتبعني؟

رايمو:

أنت تتكلمين؟

الجنية:

وأنت أيضا تتكلم

رايمو:

أنا بشري والبشر يتكلمون وهذا أمر عادي

الجنية:

وأنا جنية والجنيات يتكلمن

رايمو:

أنا.. أنا...

الجنية:

أنت ماذا؟ أنا سألت ماذا تريد

رايمو:

مهلا مهلا أنا كنت فقط أريد...

الجنية:

كنت تريد ماذا؟

رايمو:

كنت أردي أن أكلمك فقط

الجنية:

أنت لا تعلم، أنت تضعني في ورطة بتصرفك هذا

رايمو:

أضعك في ورطة؟

الجنية:

أجل أنت تضعني في ورطة لذا يجب عليك العودة الى السطح فورا

رايمو:

السطح!

الجنية:

أجل ألا تلاحظ أنك تتنفس في الأعماق وإن لم تلاحظ فأنت قد لحقت بي إلى أعماق البحر وقد تغرق وربما تختنق وتموت

أرجوك عد إلى السطح ولا تتبعني أكثر

رايمو:

حسنا لا تقلقي ولما أنت خائفة هكذا؟

أنا فقط كنت أريد أن أكلمك قليلا وكنت أريد أن أتأكد

مما رأته عيناي

الجنية:

وهل تأكدت؟

رايمو:

أجل وكيف لي أن لا أتأكد فأنت حقيقية وجميلة

الجنية:

أرجوك لا تخبر أحدا بأنك رأيتني لأنني سوف أعاني

كثيرا وأنت سوف تعرض حياتي للخطر

أرجوك

رايمو:

حسنا.. حسنا لا تقلقي لأنني لن أخبر أحدا فلا أعتقد
بأن هناك من يصدق كلامي إن أنا قلت شيئا

الجنية:

لا تخبر أي أحد أرجوك

رايمو:

لا تقلقي لقد أخبرتك بأنني لن أخبر أحدا

عالم خيالي

قد استطاع رايمو رؤية أمور غير معقولة، لم يفهم الأمر جيدا في البداية ولكن في الأخير علم بأنه قد رأى عالم خياليا لم يكن من المفروض أن يرى.

ما حصل مع رايمو والفتاة الجنية **جينا** كان سببه الجنية جينا التي وقعت في حب رايمو بعد أن كانت قد راقبته لعدة ساعات وساعات ويومان كانا كثيران لكي تدرك بأنها قد وقعت في حبه وأيضا لقد كانت تلك المدة تعادل وقتا طويلا في زمنها وفي عالمها.

وهكذا وبعد أن وقعت في حبه ومن شدة رغبتها في أن يعرفها وأن يكتشف حبه لها فتتمكن رايمو من رؤيتها.

كان هذا خطأ جينا التي ما إن علم المجلس الجنيات بالأمر حتى قرروا معاقبتها لارتكابها هذه الجريمة.

لقد فتحت جينا له باب قلبها وباب بصيرته وعينيه لكي يراها بعد أن كانت قد وقعت في حبه بعد مراقبتها له لكل ذلك الوقت الطويل في بلادها.

فاختلاف الوقت بين العالمين جعلها قد عاشت تلك المشاعر لمدة زمنية طويلة بالمقارنة مع الوقت من حيث التوقيت البشري.

ولكن الحب لا يحتاج إلى الكثير من الوقت بل هي نبضة قلب كل ما يحتاجه العاشق لكي يعرف بأنه قد وقع في الحب.

والوقوع في الحب هو مثل الوقوع في فخ لا سبيل للخروج منه ولا التملص منه.

ومن أجل ذلك قررت الجنية جينا أن تسمح لرايمو بأن يراها لكي تعترف له بحبها ولترى إن كان هو سوف يبادلها نفس المشاعر لكي يعيشا الحب معا.

رغم أن الأمر لم يكن طبيعيا ولا مضمونا بل كان محفوفا بالمخاطر، ونتائجه غير مضمونة ولكن لا شيء مضمون في الحب والمخاطر هي رفيقة الحب الصادق، الحب الحقيقي.

الأمر كان صعبا، وحتى من الخارج يبدو فهو يبدو كذلك، لأن الأمر كان غاية في الخطورة من عدة نواحي ومن جوانب كثيرة.

فعالماهما مختلفان والوسط الذي يعيش فيه كل منهما، وأيضا الجنية جينا لم تكن تجهل بأن أهلها

سوف يرفضون رأيموا رفضا قاطعا وسوف يعاقبوها على ما فعلته، ولن يرض أي أحد من عالمها بما فعلته وبخروجها عن العادات والتقاليد وأيضا مخالفتها للقوانين.

لقد كانت تعلم بأنها تتجاوز حدودها وتتجاوز القوانين وسوف تدفع الثمن إن علم أحد بما فعلت، وإن كانت ستستمر في الحب فإن المر سوف ينكشف عاجلا كان أو آجلا.

العواقب الوخيمة

بعد أن كشف الأمر وعلم الجميع بما حدث، وبما قامت به الجنية جينة أقام المجلس اجتماعا، وتم استدعاء الجنية جينا وسألوها لكي يعرفوا رأيها، وليسمعوا وجهة نظرها ولكي تشرح لهم ويفهموا منها ما جرى وحقيقة الأمر.

لقد كانت من عادات المجلس التروي في اتخاذ القرارات ودراسة المسائل قبل البث فيها، وقبل الحكم على أي شخص.

فتم توجه سؤال لها وقال الحكيم:

ما الذي حدث يا جينا؟

جينا:

أين؟!

حكيم الاستشارات:

أنت تعلمين ما الذي أقصد..

في النهر وأنت تستحمين

جينا:

أنت قلتها يا سيدي.. أنا كنت أستحم

حكيم الاستشارات:

وماذا حدث أيضا؟

جينا:

لم يحدث شيء

حكيم الاستشارات:

ماذا تقصدين بلم يحدث شيء؟!

جينا:

أجل لم يحدث شيء

حكيم الاستشارات:

هل تنكرين الأمر؟

جينا:

وأي أمر تقصد؟

حكيم الاستشارات:

أولم يأتي بشري إلى ذلك المكان؟

جينا:

البشر عادة ما يأتون إلى البحيرات والأنهار والوديان

حكيم الاستشارات:

ولكن..

جينا:

ولكن ماذا يا سيدي؟

حكيم الاستشارات:

هل أنت تستفزينني، وتستفزين المحكمة العليا كلها؟

جينا:

لست استفز أحدا ولكني لم أرتكب أي خطا

حكيم الاستشارات:

ألم يراك البشري؟

جينا:

لا أعلم

حكيم الاستشارات:

كيف لا تعلمين؟

جينا:

وما أدراني؟

حكيم الاستشارات:

أنت تراوغيني يا جينا

والتفت إلى الحكماء وقال بصوت غاضب:

أيها السادة أحيل القضية إليكم لقد نفذ صبري يبدو أن الفتاة عاصية.

حكيم العقوبات:

أرى بأن جينا تعلم تماما ذنبها

جينا:

وما ذنبي؟

حكيم العقوبات:

ألست أنت من سمحت له برؤيتك وهذا ذنب لا يغتفر؟

جينا:

ذنب لا يغتفر؟!

حكيم العقوبات:

أجل أنت من سمح له..

فلولا أن سمحت له لا يمكن أن يراك وهذا يعود إلى القوة التي لديك، والتي مكنتك من فتح فجوة في عقله وهذا الأمر من المحرمات

فكيف فعلت ذلك؟

جينا:

أنا لم أفعل شيئا

حكيم العقوبات:

هل أحببت ذلك البشري؟

لزمت جينا الصمت ولكن الحكيم قد ضغط عليها
وطلب منها أن تقر بذنبها

وبعد أن تهافتت أصوات الحاضرين في المحكمة
والذين طلبوا منها أن تقول الحقيقة انفجرت وقالت:

أجل أحببته

وأنا أحبه

وقد أصبح يعيش في قلبي

هل أنتم راضون؟

هل ارتحتم؟

حكيم العقوبات:

كلامها غير محترم فلتزجوا بها في السجن من أجل أن
تراجع تصرفاتها

حكيم الاستشارات:

يجب أن نصدر عقابا بحق الجنية جينا التي خرجت
عن الحدود وتجاوزت القوانين لكي تصبح عبرة
لغيرها

وانصح بنفيها من البحيرة

الحكيمة الفهيمة:

اقترح أن لا نستعجل وأن نعالج الأمر بكل روية
وحكمة وأن لا ننسى بأن البشري أصبح يعلم بوجودنا
وهذا خطر علينا جميعا

انصح بأن نرسل جينا لكي تقنعه بالمغادرة وأن ينسى الأمر، يجب أن ينسى أمرها وأمرنا.

أعطت المحكمة الجنيه فتره الأسبوع لكي تقنع رايمو بمغادره البحيرة وأن يتكتم عن الأمر، لكن الأوان كان قد فات.

فقد وقع رايمو في حب الجنية جينا ولم يكن ليتركها ولا أن يغادر البحيرة.

لم يكن ليتخلى عن حب حياته هكذا وبكل سهولة، حتى وإن كانت هي من تطلب منه ذلك.

قرر رايمو أن يتزوج بالجنية جينا فعرض عليها الزواج، وخطة للهرب من هناك.

قرر رايمو أن يتزوجا وكان عازما على الأمر فأقنع الجنية بذلك وبدل أن تقنعه بالمغادرة أقنعها بالهرب معه.

وهذا الأمر أثار غضب المجلس فقرروا أن ينزلوا العقاب برايمو وبالجنية جينا معا.

أمر مجلس الجنيات جيش اليعاسيب بعقاب جينا ورايمو وان يفرقوا بينهما.

بحيرة بايكال

لم تكن تستطيع جينا أن تعيش إلا في بحيرة وهذا ما جعل أمر إيجادها ليس بالصعب فأهلها وعشيرتها يعلمون بأنه لا يمكنها أن تعيش على الأرض مثل البشر.

ولن تستبدل البحيرة بالبحر إذ لا يمكنها أن تتحمل ملح البحر فهي تعيش في المياه العذبة.

كان لدى أهلها خطة بحث بسيطة وهي إتباع خط سير رايمو وجينا بإتباع البحيرات والبحث في كل بحيرة ولن يكون الأمر صعب عليهم.

وهكذا تتبعوا أثرها من بحيرة إلى أخرى، وبعد الكثير من المطاردات ولأن الأمر أصبح صعبا على رايمو هذا ما جعله يقرر أن يسافر بها إلى بلد آخر.

مرضت جينا عندما ابتعدوا عن البحيرات وهذا ما جعل رايمو يقرر ان يسافر بها بحيرة بعيدة في بلد آخر.

كان رايمو قد سمع في حياته عن بحيرة جميلة وكبيرة وهي بعيدة عن أهلها وربما لن يستطيعوا اللحاق بهم فسافر بها إلى هناك وهو يغطي أجنحتها بمعطفه.

بالرغم من أنه كان في الأمر مخاطرة إلا أنه قد قرر أن يجازف وذلك من أجل حبهما ومن أجل أن ينقذا بجلديهما من الخطر الذي كان يحدق بهما.

فقد كان من المحتمل أن يقوموا بقتلهما أو أسوا من ذلك، قد يقوموا بالفصل بينهما، فلا رايمو يستطيع أن يعيش بدون جينا ولا هي تستطيع أن تتنفس بعيدا عنه.

لقد كان حبهما عظيما وكل منهما هو في حاجة للآخر ووجوده معه في الحياة وإلا ما فائدة الحياة؟!

المطاردة..

وهكذا تمت مطاردة الحبيبين العاشقين من طرف جيش اليعاسيب، من أجل إلحاق العقاب بهما، ولم يتوقف الجنود عن الملاحقة ولا لأي سبب، لأن الأوامر كانت واضحة إذ يجب أن ينزل بهما العقاب وأن لا يفلتا بفعلتهما ولكي لا ينفذا بجلدهما.

كما أن القيادة العليا كانت متشوقة لعقابهما والفصل بينهما، وذلك لكي لا يستمتع العاشقان

بوقتهما، ولكي لا يعيشا حبهما، فكلما كان العقاب في أسرع وقت أصبحت السعادة التي نالاها اقل بكثير، وهكذا يكونا قد عوقبا أكثر ونالهما عقاب أكبر.

اكتفى الجيش جيش اليعاسيب بتقفي أثرهم وقد أمرهم سيد البحيرات بأن يكون عقابهما فصلهما، وكانت هذه مهمة الساحرة الجنية وليست مهمة جيش اليعاسيب.

وعلى قدر غضب الجميع فقد كان قرار فصلهما القرار الأرحم وأيضا القرار الذي يفش غل الجميع أيضا.

كما أن هذا القرار كان فيه رسالة للجميع بأن العصيان يلقى العقاب ولا يفلت منه مهما كانت الظروف.

عقاب الحب

طلب مجلس القيادة العليا من الساحرة الجنيه وهي
أكبر ساحرة في المملكة والأعظم قوة أن تسافر عبر
الأنهار والمحيطات لكي تنفذ المهمة التي هي مهمة
كبيرة وخطيرة وهي التي قرر الحكماء أن تكون عقاب
الشاب والجنية جينا

لقد كانت المهمة أن تقوم بالتفريق بينهما بطريقتها
وهي أن تمسح كل ذكريات الشاب عن الجنية جينا
وعن المملكة لكي تحمي الجميع من خطر البشر
وخطر انتشار الخبر.

لقد كان العقاب ينزل بالشاب لكي ينسى الجنية فهم لا يستطيعون مسح الشاب من قلب الجنية لأن حب الجنيات أوى من كل التعويذات

وكان هذا عقاب جينا في نفس الوقت فستحرم منه رغم أنها لم تكن تستطيع مسحه من قلبها هي، كما أن العقاب لم يتوقف عند هذا الحد بل قاموا بنفي الجنية جينا من المملكة وحرموها من العودة وحرموها من رايمو.

النسيان القسري

الاختفاء القسري

ما حدث مع رايمو وما فعلته الساحرة الجنية به فقد فقد ذاكرته وهذا جعله يعاني من ضرر في دماغه يمنعه من رؤية حبيبته الجني جينا التي كانت بجانبه في البحيرة، ولكنه لا يستطيع أن يراها فعلا .

لقد قرر مجلس القيادة العليا أن يتم نفي الجنية جينا في بحيرة بايكال.

وقد أصبحت تلك البحيرة العظيمة والجميلة والتي لها من المناظر الطبيعية الجذابة الكثير ومن الأسرار الكثير أيضا منفى لجينا الجنية الحورية.

وهكذا أصبحت الجنية جينا حورية حورية رايمو منفية وتعيش بكشل مغاير عن حياتها السابقة في هذه البحيرة، التي أصبحت منفاها وايضا موطنها.

البحيرة المنفى

بحيرة بايكال اكبر بحيرة في روسيا وأعظم بحيرة في العالم، البحيرة التي لها مميزات كثيرة وليست ككل البحيرات حول العالم.

فبحيرة بايكال الكريمة والتي استقبلت جينا تتمتع بأنها أعمق بحيرة في العالم بمياهها العذبة والشفافة ولونها الأزرق الصافي، وهي تستقبل المياه من أنهار كثيرة تعدت 300 نهر ولكن هو نهر واحد الذي يخرج منها وهو نهر أنجارا.

بحيرة بايكال هي عميقة وكبيرة ومليئة بالأسرار،
جميلة وبديعة وليس عن حقائقها الكثير من الأخبار.

أعظم وأقدم بحيرة والتي ترتبط بها العديد من
الأساطير والحكايات الجميلة.

كان على البحيرة الكثير من الجزر وقد اختارت
جينا لنفسها جزيرة لتكون لها وطنا وأطلقت عليها اسم
رايمو وجينا.

الجزيرة هي على شكل قلب بالتقريب، لم يكن شكلها
مصقولا جدا على شكل قلب لأن لها ذيلا طويلا في
أسفلها ولكنها اقرب لشكل القلب وهذا ما جعل جينا
تختارها.

لم تكن الجزيرة مأهولة لذا فقد كانت جيدة بالنسبة
لجينا رغم أنها تعيش في المياه إلا أنها كانت تصعد
إلى السطح كثيرا وخاصة لأن حبيبها البشري رايمو
يعيش على السطح.

القريب البعيد

وهكذا تمت معاقبة رايمو ا بحرمانه من حب حياته وأن يتنكر لها دون أن يدري

فيما تمت معاقبة جينا بأقوى من ذلك وهي رؤية حبيبها وهو لا يراها، فقد أصبح بينهما حاجز لا يمكن اختراقه ولا حتى قوة جينا تقدر على فعل ذلك.

فكيف تشعر عندما تنظر إليه؟ وترى بأن كل ذلك الحب الذي كان يكنه لها لم يعد موجودا في عينيه

لما أصبح يبدو هكذا؟ من غير المعقول أنه لا يحب ولكنه لم يعد يحبها هي.

لم يعد يعرفها

لم تعد روحه تدركها

لم يعد يراها

لم يعد رايمو يشعر بحبها ولا بوجودها وإن شعر بشيء فإنه لا يفهمه ولا يستطيع أن يفسر شعوره.

لقد كان الأمر مرضي ويصيب بالتعب والإرهاق والمرض بالنسبة لرايمو ولكنه أصعب بكثير بالنسبة لجينا لأنها كانت تشعر بضعف في قلبها وانكسار.

كانت جينا عاجزة فقد كانت جنية بريئة ولا خبرة لها في الحياة ولم تكن لديها أية قدرات سحرية إلا القوة التي استخدمتها لكي تساعد رايمو على إدراكها في

المرة الأولى، لقد كانت مجرد فتاة عادية تمتلك قلبا قد أعطته لرايمو الذي نسيها.

وما كان يخفف عنها ألم الوحدة والحزن هو علاقتها بمخلوقات البحيرة المعروفين للعالم والذي لا يعرف عن وجودهم أحد.

لقد كونت صداقات وبسهولة مع كل من يعيش في تلك المنطقة.

لقد كانت جينا جنية ودودة وذات قلب أبيض لذا لم يكن من الصعب عليها أن تكون صداقة مع أي احد حتى الوحوش ترق في وجود الجنية جينا.

شعور الوحدة

وهكذا وجرّاء ما حدث تغيرت حياة الاثنان، تغيرت حياة جينا التي أصبحت وحيدة، ولا أهل لها ولا حبيب، حبيب تراه ولا يراه، تحبه ولا يدرك حبه لها.

لقد بدا الأمر وكأنها خسرت حياتها التي عهدتها وخسرت كل أهلها وأصدقائها، خسرت الأمان والاستقرار، كما أنها في نفس الوقت قد خسرت حبيبها الذي ضحت بكل شيء من أجله، وفي سبيل حبه.

تغيرت حياة رايمو جذريا، وهو الآخر لم يعد يفهم حياته، وكان دائما يشعر بأن هناك ما ينقصه، ولكن لا يعرف ما هو الجزء الذي نقص من حياته.

لقد فقد الأمان هو أيضا وأصبح تائها وحائرا ولا يشعر بالاستقرار العقلي ولا العاطفي لأنه يشعر بالاحتياج كثيرا ولا يستطيع أن يجد السلام الداخلي.

بقي رايمو في بحيرة بايكال لمده طويلة وهو متعلق بالبحيرة ولكنه يجهل وجود حبيبته وزوجته بقربه، بينما كانت هي تحاول كل حيلها لكي يدركها ويدرك حبهما الذي جمعهما، ولكن الأمر لم ينجح فقد كان يشعر بالحب ولا يعلم من يحب أو لماذا؟

عجز الطب

بعد عده أيام ساءت حالة رايمو وشعر بأن المرض يتضاعف والتعب والإرهاق وكان هناك ألم شديد في رأسه ربما كان بسبب فقدانه جزء من ذاكرته فقرر أن يقوم بزيارة الطبيب

عاد رايمو إلى المدينة وقلب جئنا معهم، فهي لم تكن تستطيع مرافقته لأنها لا تستطيع أن تبتعد عن البحيرة.

بعد أن كشف عنه الطبيب نصحه بالبقاء في المستشفى الخاص به لمدة شهرين من أجل الفحوصات ولكي يتأكد مما يعاني منه وكما انه كان يريد انه كان يريد أن يخضعه للمراقبة لعدة أيام لكي يتمكن من دراسة حالته.

الطبيب لم يستطع تشخيص المرض الذي يعاني منه رايمو، ولم يفهم فقدان الذاكرة الجزئي هذا دون حادث، أو وجود سبب معين لأن رايمو قد أخبره بأنه شعر بهذه الحالة فجأة وبدون أن يتعرض لأي حادث.

لقد كانت حالة رايمو المرضية حالة غريبة وليس لها حالات مشابهة وهذا ما جعل الأطباء لا يفهمونها ولا يجدون لها تفسيرا ولا علاج.

لقد استشار الطبيب عدة أطباء ولكن جميعهم لم يكن لديهم تفسير ولا حتى نصيحة لذلك المريض ولا للطبيب الخاص به.

من أصعب الأمراض هي فقدان الذاكرة فالعقل من أصعب الأعضاء في جسم الإنسان وهو عضو غير مفهوم وليس له أبواب للدخول إليه ولا أبواب للخروج منه.

غريب هو العقل وغير مفهوم

غامض ومثير

يستطيع أن يجعلك تصعد إلى الفضاء ويستطيع أن يجعلك تعيش حياة بأكملها في غرفة صغيرة في مصح عقلي.

إنه عنصر بإمكانه أن يتحكم بحياة الشخص وأيضا يمكن أن يقضي عليه، كما انه العضو الأكثر حساسية في جسم الإنسان فالخلايا في الدماغ هي الوحيدة التي لا تستطيع أن تجدد نفسها، فهي تموت ولا تتجدد

كما أن الدماغ هو العضو الأطول عمرا في جسم الإنسان وهو العضو الذي يتوقف عن العمل آخر شيء في حالة وفاة الشخص

يمكن أن يتم إنعاش القلب في حالة ما إذا توقف عن العمل ولكن ليس ننفس الحال مع الدماغ

لم يستطع رايمو أن يصبر على عجز الطب والعلم أمام حالته التي كان يبحث لها عن تفسير.

كان رايمو يشعر بأن ما ينقصه من ذاكرته هو جزء مهم جدا من ذكرياته، وقد كان يشعر بأن ذكريات جميلة قد سرقت منه ولا يعرف لما كان يراوده هذا الشعور.

وفي آخر جلسة بينه وبين الطبيب سأله الطبيب
بعض الأسئلة وقال:

هل تعلم بأنه لم تمر علي سابقا حالة مثل حالتك
رغم أنني رأيك حالات كثيرة وكلها تقريبا متشابهة
وأيضا في نفس الوقت مختلفة في نقاط معينة.

رايمو:

هل تظن بأنه لدي مرض ما؟

هل ينتج فقدان الذاكرة عن أحد الأمراض الخطيرة

مثل السرطان ربما؟

قد أكون مصابا بورم في الرأس؟

الطبيب:

لا أبدا كل الفحوصات تخبرنا بأنك بصحة جيدة

لا داعي للخوف لأنك لا تعاني من أي مرض خطير

رايمو:

وما الذي أصابني اذن؟

كيف لي أن أنسى أمورا ولا استطيع أن اعرف ما

هي؟

أنا لا اشعر بأنني بخير

أيها الطبيب أرجوك ساعدني..

أنا أريد أن استرجع الجزء الذي مسح من ذاكرتي

الطبيب:

نحن لم نتوصل بعد إلى طريقة فعالة لكي نستعيد الذكريات التي تمحى من ذاكرتنا ولا كن تغلبنا على النسيان وأيضا على الزهايمر

رايمو:

هل أنا مصاب بالزهايمر؟

ضحك الطبيب وقال:

لا أبدا لو كان كذلك لأخبرتك ولكن حالتك تحيرني كثيرا ولم استطع أن أجد لها حلا ولا تفسير

رايمو:

ألا توجد أدوية قد تفيدني؟

الطبيب:

لا .. فقط بعض المهدئات لكي لا تضغط على مخك وعقلك فكثرة التفكير تهلك بعض الخلايا وقد يضر بك الأمر.

رايمو:

وما العمل إذن؟

الطبيب:

دع الأمر للزمن ربما قد تعود لك ذاكرتك يوما عندما لا تطلب أنت ذلك.

ولكن لا أظن أنه ينقصك الكثير

رايمو:

لقد ضاع جزء كبير من عملي

الطبيب:

لا عليك سوف تساعدك الكتب والملفات التي تمتلكها وأن رأيت بأن الأمر صعب فأنصحك بأن تغير مجال عملك لكي لا ترهق عقلك وتضغط عليه من أجل أن يتذكر أمرا ربما هو قام بنفيه لكي يجنبك ألما ما.

رايمو:

عقلي قام بالنفي! ...

الطبيب:

أجل.. من يدري؟

رسومات بلا ذكريات

فيما بعد وجد رايمو دفتر الرسم ووجد رسومات لأسماك لم يتذكر أنه قد رآها يشعر بالحزن دائما.

وقد كان ذلك الدفتر رغم أنه يبدو غريبا بما فيه إلا أنه كان عزيزا عليه وقد كان أيضا يرى فيه بعض الأمور التي ربما سرقت منه.

لقد كان رايمو يحب ذلك الدفتر وتأمل رسوماته

كثيرا بل وأصبح يعيد رسم ما به لعل الرسم يعيد له بعض الذكريات ولكن بلا فائدة.

ورغم ذلك فإن ما كان يفعله على الأقل يجعله يشعر ببعض الراحة.

كل ما كان يشعر به هو الراحة والسلام حين الرسم أو النظر في ذلك الدفتر وتصفحه، ورؤية ما فيه وكان أيضا يشعر بالألفة.

ولكن حالة رايمو كانت صعبة ولم يتحسن فقد كان يشعر بالحزن الدائم والأسى المتزايد وكان يحس بالضيق في المستشفى ولكنه كان يشعر بأنه هناك شيء ما ينقصه ولا زال يرى الأحلام لقد كان حبيبته جينا تزوره في الأحلام

رغم أنه ما زال غير قادر على تذكر حتى الأحلام نفسها.

لقد كان لدى جينا تلك الحيلة التي هي زيارته في الأحلام لكي تجعله يتذكر، كانت تحاول أن تجعله يتذكرها ويتذكر حبه لها ولكن بدون فائدة.

لم يكن رايمو فقط غير قادر على تذكرها بل كان يفقد أحلامها أيضا.

فقد كان ممنوعا عليها التواصل معه حتى في أحلامه وتلك طريقة كانت ممكنة بالنسبة لها ولكن كان هناك جدار بينهما وذلك الجدار من فعل الساحرة الجنية التي أمرت بالتفريق بينهما لأنه لم يكن ليكون سحرها كاملا لو لم تفعل ذلك.

لقد كان من واجبها أن تفرقهما وتجعل بينهما فاصلا إلى الأبد

كان يجب عليها أن تغلق باب عالم جينا في وجه رايمو لكي لا يدخل عالمها من جديد وفي نفس الوقت

قد قيدت جينا وجردتها من كل قواها لكي لا تصل إلى رايمو أو تتواصل معه.

فقد كان من الصعب على جينا أن تصل إلى قلبه ومشاعره أو تجعله يدرك حبها وقلبها.

لقد لجأت جينا لكل الطرق وجربت كل السبل ولكن بلا فائدة فهي لم تكن ساحرة ولم يكن بيدها حيلة.

فجينا لم تكن حادة الذكاء ولم يكن لديها الكثير من الحيل السحرية ولم تكن مثل قريناتها واسعة الحيلة وتجيد التحايل على ما يتعبها واللف والدوران حول المشاكل لحلها بل كانت فتاة بريئة ويمكن أن تقع في مشكلة بسرعة وقد لا تخرج منها.

وقد كان أهلها يدركون بأنها فتاة بريئة وبسيطة وسوف تكتفي بالبكاء.

بالرغم من كل تلك المجهودات من الساحرة الجنية
وعالم جينا إلا أن رايمو قد كان ما يزال يتذكر عيونها
وشفاهها وشعرها وأجنحتها

كان يتذكر أمورا كثيرة ولكنه لا يتذكر جينا في
حد ذاتها ولا يربط كل تلك التفاصيل بحبيبته جينا.

حبيبته التي أصبحت هي وحبها صفحة بيضاء في
ذاكرة رايمو وفجوة مظلمة لا يستطيع ملأها ولغز
يحيره ولا يستطيع الحياة مع رموزه دون أن يصل إلى
حل له

كان يتذكرها ويرسمها في ذلك الوقت الطويل الذي يقضيه في المستشفى، فهي متنفس عقله وروحه وراحة قلبه.

كان الطبيب الذي يشرف عليه ويتابع حالته يتابع كل تصرفاته وأيضا يراقب تغير مزاجه فكان يرى بأن رايمو يكون في حالة من الهدوء والسكينة لا مثيل لهما وهو يرسم ولكنه يتغير مزاجه فجأة بعد أن ينهي الرسم.

لقد كان رايمو يتأمل الرسم كثيرا بعد أن ينهيه وفجأة تعتريه حالة من الغضب والضيق فيخرج فورا إلى الحديقة ويتأمل النافورة التي في الساحة فيجعله الماء يعود إلى حالة من الهدوء.

أخبره الطبيب بعد رؤية رسوماته بأنها قد تكون
كل هذه التفاصيل تنتمي لفتاه معينة

وليس لفتاة

بل فتاة مميزة مرت في حياته ربما كانت حبيبته،
ولكن رايمو لا يتذكر بأن كانت له حبيبه في يوم من
الأيام

بل كان شبه متأكد بأنه لم تكن لديه حبيبة فهو حتى
لم يقترن بأية فتاة على الإطلاق

كان من الممكن أن تكون إحدى الفتيات التي مررن في
حياته ولكنه عندما عاد بالذاكرة إلى الوراء لم يجد بأن
هناك الكثيرات في حياته.

فقد كان رايمو شابا خجولا وحساسا ولا يحب
العلاقات العابرة لذا لم يكن لديه الكثير من الصديقات

الحميمات أو الحبيبات وليس هناك فتيات في خانة الأصدقاء العاديين أيضا.

كما أن الطبيب كان قد خرج بنظرية هي أن رايمو ربما تعرض لأزمة نفسية حادة جراء انفصال حبيبته عنه، أو أن هناك احتمال أسوأ من ذلك.

ربما خانته حبيبته لذا أصبح عقله يرفض وجودها بكل ذكرياتها في ثناياه وفي خلاياه لذا جعلته الصدمة النفسية والعاطفية يفقد ذلك الجزء من ذاكرته.

ولكن ومن شدة حبه لها مازال يتذكرها ولكن بشكل متقطع.

لقد كان التفسير الوحيد وشبه المؤكد بالنسبة للطبيب هو أن ما حدث مع رايمو هو جراء أزمة نفسية تعرض لها عن طريق الخيانة ولكنه لم يصارحه بها.

بعد أن كان الطبيب شبه متأكد من نظريته بحث في تاريخ رايمو وتكلم مع أقرب الأصدقاء إليه والذين لم يكونوا كثيرين فلم يجد أية معلومة تؤكد له نظريته.

ورغم ذلك فقد بحث أيضا في محيطه الذي كان يعيش فيه لأنه كان هناك احتمال آخر وهو أن يكون رايمو قد فقد حبيبته عن طريق الموت وربما تلقّى بموتها صدمة عظيمة جعلت ذكرياته معها تمحى لكي يستطيع الاستمرار في العيش دون تحمل ذلك الألم الذي يبدو أنه كان أعظم من أن يتحمله أو يتعايش معه ولكن أحدا لم يؤكد بأن له حبيبة أو كانت له حبيبة يوما.

كما أن جيرانه أكدوا بأنه لم يحدث وتوفى أحد له لا من أقاربه ولا أصدقائه ولا حتى حبيبة ولم يسمعوا أنه قد حضر جنازة.

أجنحة الفراشة

الأمر العجيب أنه كان يرسم أجنحة فراشة وهذا غير مبرر لأن كل عمله واهتمامه كان بالأسماك وليس الفراشات.

كان لأجنحة الفراشة لغزها الأكثر حيرة بين كل تلك الأمور التي تنتمي لفتاة أو للأسماك.

وقد لاحظ بأن الأجنحة هي نفسها في كل مرة يحاول الرسم فهو يعيد رسمها نفسها بكل تفاصيلها الدقيقة.

في البداية اعتقد بأنها أجنحة كثيرة ومتنوعة وبألوان كثيرة ولكنه بعد أن أعاد رسمها كثيرا وجد بأنها نفس الأجنحة ولكنه كان يرسمها بزوايا مختلفة ومن زوايا مختلفة أحيانا يرسم فقط جزء منها وأحيانا جزء صغيرا جدا ولكنه يرسمه بصورة كبيرة، وأحيانا يرسمها كلها.

وعندما قارن الرسومات ببعضها وجد بأن بعض الرسومات ما هي إلا جزء من الرسم للأجنحة كلها ولكن التفاصيل لا تظهر بصورة كبيرة.

كلما حاول أن يجمع العيون والشفاء والبسمات والنظرات لا يستطيع وكلما رسمها متفرقة أمكنه فعل ذلك، ولكنه لا يستطيع الجمع بين تفصيلين اثنين ولا بينها كلها.

لم يعرف من هي هذه الفتاه أبدا، ولم يكتشف هويتها ولا من تكون بالنسبة له.

خرج من المستشفى بعد فقدانه الأمل بالعلاج وقرر أن يكمل حياته مع فقدانه الجزيء للذاكرة فلم يكن ينقصه

الكثير من الذكريات مازال يعرف من هو ويعرف عمله وهوايته ومجالات اهتمامه

قد فقد شغفه بالأسماك وتحول حبه إلى الرسم عيونا بنظرات مختلفة وشفاه بحركات مختلفة في الماء أو الفضاء وكانت هناك على كل لوحاته فقد كان يرسم البحار وفتاه من عالم الماء.

فن العاشق

بعد مرور بعض الوقت أصبحت رسومات رايمو
لا تقتصر على دفاتره الكثيرة بل أصبحت لوحات
بألوان وبلا ألوان.

كل من يرى رسومات رايمو ولوحاته يظن أنه إما
يحب النساء أو مهووس بامرأة واحدة وذلك لأن العيون
في لوحاته تتشابه.

لا يعرف رايمو كيف أصبح رساما محترفا وبدل

الفحم واللون الأسود أصبح يستعمل الألوان الزيتية لقد كانت رسوماته مبهره جميله ومليئة بالأسرار.

لقد استعمل للتعبير الألوان الزيتية ولكن ميله كان للألوان المائية أكثر، لقد كان يبحث عن شيء معين ولم يجده إلا في الألوان المائية

ما كان يبحث عنه كان الشفافية، وقد وفرت له الألوان المائية ذلك، لقد حققت له ما يريد وعبرت عن بعض ما يخالجه من أحاسيس.

كان رايمو يحاول التعبير عما يخالجه وما كان يشبه حلما أو لمحة من خيال بشكل واقعي لقد كان يريد أن يوصل ما يراه أو ما يشعر به لكي يجسده أمامه.

يشعر رايمو بالحرية والراحة ويتنفس الصعداء كلما أنهى إحدى لوحاته وقد كان يتأملها لساعات وأيام وأسابيع وكان هو العاشق الأول للوحاته وفنه.

ولكن ليس عشقه ينبع من حبه للفن بل لحبه لما هو مجسد في لوحاته.

لقد كان يعشق تلك العيون وتلك التفاصيل وكأنه يعشق صاحبتها إن كانت صاحبتها امرأة امرأة واحدة إلا أن بعض التفاصيل لم تكن لامرأة ولا لبشر.

لكن رايمو كان يعشق التفاصيل التي لا تنتمي للبشر أيضا وبنفس القوة.

فقد كان يحب الرموش الوردية والزعانف البنفسجية وكان يعشق أجنحة الفراشة التي لها نفس الأوان تقريبا وردي وبنفسجي وذهبي.

وهذا الأمر كان محيرا جدا لذا فقد توقف عن التعجب والحيرة وأصبح راضيا بلوحاته ويعيش على حبه لها.

وهكذا وجد رايمو متنفسا له ولم يعد يبحث عما قد ضاع منه بل أصبح يمارس عشقه والذي هو الرسم والرسم والرسم.

أصبح رايمو يرسم باستمرار، وقد كان الرسم بالنسبة له علاج وهذا ما نصحه به الطبيب أيضا، فعندما يدخل رايمو في حالة الفن ويبدأ في ممارسة هوايته وعشقه أي الرسم فإنه ينسى العالم بأسره ولا يفكر في ذلك الجزء المفقود من ذكرياته، بل كان يشعر براحة وارتياح ويمكن أو يواصل حياته بهذه الطريقة.

خاصة وأن رايمو لم يفقد الكثير من ذكرياته بل فقد جزء غير معروف وقد اعتبره الطبيب بسيطا وأيضا اعتبره غير مهم، لأنه لن يضر رايمو أن يعيش بدون.

كان رايمو يشعر بعكس ما شعر به الطبيب، فقد كان يرى رايمو بأنه ربما قد فقد أهم جزء من حياته، وربما فقد معه معنى الحياة، ربما فقد مغزى الحياة، ربما فقد هدف الحياة.

هدف الوجود.

بعد مرور الزمن

بعد عده سنوات قد قضاها رايمو قرب بحيرة بايكال، وقد كان كل يوم يجلس أمام مياه البحيرة المتلألئة تحت اشعة الشمس والتي تلمع تحت نور القمر يرسم لوحاته وكأنه ينقل من الواقع أجمل الأشياء ولكنه كان يرسم من خياله، من عالمه الخاص الذي لا يعلم عنه شيئا.

رغم ساعاته التي يقضيها في تأمل البحيرة، وما حولها، لم يستطيع علم أن يحظى بعلاقة حب حقيقية

لأنه قد كانت تتركه أي فتاة تدخل حياته حين تعتقد بأنه يعيش على ذكرى حب قديم يتجلى في لوحاته.

درس رايمو بحيرة بايكال التي كانت تثير جنونه وهوسه، عندما بلغ السابعة والثلاثون قرر أن يقيم معرضا فنيا يعرض فيه لوحاته الجميلة التي أبدعها في السنوات الماضية على ضفة بحيرة بايكال.

لوحات جنيه بحيرة بايكال

كانت كل لوحاته عن نفس الشخصية عيون وشفاه وشعر تحت الماء، ونظرات حزينة، ودموع تمتزج بمياه البحيرة، وأجنحة فراشه وهذا ما جعل النقاد الفن يطلقون على لوحاته اسم لوحات **جنيه بحيرة بايكال** لأنهم يعرفون مدى حب رايمو للبحيرة، كما أنهم يعلمون جيدا بأنه قد رسم كل تلك اللوحات أو معظمها وهو يتأمل بحيرة بايكال.

لقد كان للبحيرة مظهر ثابت ولكن رايمو كان يأتي بالجديد في لوحاته كلما تأمل نفس المنظر مرارا وتكرارا.

ولم يستطع النقاد أن يتواصلوا إلى صاحبه العيون والشفاء كما أن الأجنحة الكبيرة المبارك تحت المياه أو حتى لهم بهذا الاسم.

ولكن رغم أن ذلك كان لغزا بالنسبة للنقاد خاصة وللجمهور عامة إلا أن تلك الشخصية الخيالية أو ربما الواقعية والتي يكون قد استلهمها الفنان من واقعه أو محيطه قد كانت مخلوقة جميلة وتستحق أن تكون نموذجا للوحات رايمو الجميلة والقوية والمعبرة.

كما أن الكثيرين قد وقعوا في غرام تلك الشخصية بتفاصيلها، وبراعة الجمال، واعتبروا أن رايمو كان محظوظا في حياته إن كانت تلك الشخصية قد مرت بها.

حياة قرب البحيرة

أمضى رايمو كل حياتي قرب بحيرة بايكال حيث كان يجلس يشاهد غروب الشمس وحبيبته جينا تتأمله والشمس الدافئة تلامس وجهه فيما هي لا تستطيع لمسه وحتى لو لمسته فهو لا يشعر بوجودها إلا أحيانا، حيث يشعر ببعض الدفء من يديها فيغمض عينيه ليرى تلك الفتاة تلمع مع أشعه الشمس.

توفي رايمو في عمر ستين عاما وطلب من جيرانه أن يرموا رماده في بحيرة بايكال عله يعاد إحيائه في تلك البحيرة التي أحس بالانتماء إليها لأن

حبيبته تسكن بها ولكنه نسي حبيبته ولم يستطيع تذكرها يوما.

لقد كان رايمو متعلقا ببحيرة بايكال دون أن يدري السبب الحقيقي وراء حبه غير المنتهي لها، وعشقه لمياهها الصافية ولمنظر الغروب عليها.

لقد كان يحب بحيرة بايكال بكل ما فيها من مياه وأعماق ومخلوقات وأعشاب وحجارة وأرض ويابسة وأشجار.

لقد كانت بحيرة عظيمة، بحيرة غريبة احتضنته واستقبلت حبيبته لكي تصبح إحدى مخلوقاتها وسكانها.

بحيرة تستقبل مياه أكثر من 300 نهر كيف لها أن لا تستقبل رايمو وحبيبته الهاربان لأجل الحب.

كما أن رايموا لم يعد منشغلا برسم الحياة تحت الأعماق، ولم يعد مأخوذا في رسمه بكل تفاصيل البحيرات بل أصبح يحب البحيرة دون سبب معلوم

ويرسم أمورا يعشقها وهي نفسها في كل مرة وبدون سبب معلوم أيضا.

أما بالنسبة لجينا فقد كانت كل يوم تتدفق دموعها من عينيها في بحيرة بايكال كنهرَ الحب والحزن وبقيت تروي بحيرة بايكال بدموع فراقها وحبيبها الذي عاش كل حياته بقربها وبعيدا عنها.

وقد كان رايمو يشعر بحزن حبيبته ومرارة حزنها وألمها كلما اغترف غرفة بيديه ليشرب من مياه البحيرة فكان يشرب من دموع حبيبته التي تبكي حزنا لفراقه رغم أنها كانت بجانبه ولكن الحزن كان أعظم.

والألم كان كل يوم يصبح أكبر ويصبح أقوى فكلما أصبح رايمو أكبر سنا أصبح حزنها بفراقه أكبر.

لقد كانت ترى حبيبها يشيخ بينما هي لازالت شابة جميلة مثل أول يوم عرفها فيه ولكن حزنها هو الذي كان يكبر ولكنه لا يضعف مثل حبيبها بل كان يقوى

وكل يوم يصبح أقوى وهذا نابع من اللعنة التي ألقتها عليهما الساحرة، وتبعا للعقاب المنزل بهما.

رغم أن البحيرة كانت تتجمد شتاء إلا أن رايمو لم يكن يبتعد عنها كما أن حبيبته كانت تستمد الحرارة من أعماق البحيرة الدافئة وتمد رايمو بها لذا فهو لم يكن يشعر بالبرد كثيرا وذلك بفضل حبيبته وحرارة البحرة التي تمتد من الأرض تحت البحيرة.

لقد كان الجزء الأسفل من البحيرة والأقرب إلى أرضها دافئا ويمكن لجينا أن تستمد الحرارة من القاع لكي تقوم بتدفئة حبيبها رايمو وتحافظ على حرارة جسده لكي لا يتضرر وهو جالس هناك لساعات وساعات يراقب الأبيض الجميل الجذاب الذي لم يكن يشعر بأنه جليد بل كان يشعر بالحب ولكن لم يكن يعلم بأن ذلك الحب منبعه جينا.

جينا التي لم تفارقه للحظة واحدة وقد أعطته حياتها وقلبها قبل ذلك.

لم تمل ولم تتعب جينا العاشقة من ملازمتها لحبيبها رايمو رغم أنه لا يراها ويلا يروي زهرة حبهما ولا يعتني بجمرة الحب بينهما، إلا أنها كانت عاشقة صابرة صامدة محبة وفية.

الصدق حين الموت

أصدق اللحظات

الحياة الأخرى

عندما أحس رايمو بأن ساعته قد حانت، فأخذ الرسومات واللوحات العزيزة على قلبه ورماها على سطح مياه البحيرة

وعندما بدأت تقترب ساعته وحانت لحظته استطاع أن يرى حبيبته جينا بجانبه

لقد رآها في أصدق لحظات حياتي حين كانت الروح تغادر جسده.

وقبل أن يلفظ أنفاسه أخيرا تذكرها وتذكر حبها لها
وهذا ما جعلها تصرّ على بقائه معها كروح

وعندما خرجت روحه من جسده وجد حبيبته تنتظر
بكل حب وشوق وبعوينها اللامعة الدامعة، وعاشا في
بحيرة بايكال

أما الجسد فقد عثر عليه جيرانه وبعد حرقه قاموا
برمي رفاته على تلك اللوحات العائمة على سطح مياه
بحيرة بايكال.

بينما كان رايمو بروحه الشابة يجلس على ضفة
البحيرة مع حبيبتي الجنيه جينا الجميلة، التي سلبته لبه
وقلبه رغم أن عقله قدر أنكرها لسنوات عديدة ولكن
إيمانها بالحب وثقتها في حبيبها كانت قويه فكانت
تنتظر عودته إليها يوما.

أراك ولا تراني

أراك ولا تراني

ولكن الزمن كفيل بمعالجة جراحي

أراك تعاني

وأنا أعاني لحالي

أرى الزمن يمر عليك فالزمن أناني

وأنا هنا ألملم بتلات أيامي

ألقي عليك التحية ولا تستقبل سلامي

حبيبي ألامي كبيرة ولا شيء يواسي

الجرح عميق وعقلك مصر على أن لا تراني

قلبي قريب منك وكل ليلة يناجي

وأنت كالغريب لا تأبه ولا تراعي

***

معي وأنا بجواره وحيد

في قلبي لكنه بعيد

وأنا بجواره عاشق سعيد

رغم الألم والدمع الشديد

ألم في قلبي

أشعر بألم في قلبي

والدمع ينهمر من عيني

والسيل في البحيرة يجري

قلبي يؤلمني

والألم بعيد عنك قد يقتلني

قلبي، وجسدي يقاسي

الوقت يمضي

والعمر يجري

الدماء تغلي

والعقل لا زال ينكر ويمحي

العاشق للحب لا يجني

والصبر للجسد يكاد يفني

الكل يدعو ويصلي

حتى العيون والشفاه ولا شيء يكفي

ولكني بوعودي سوف أوفي

Sommaire